AF262345

L'ÉGYPTE

ET

LE CANAL DE SUEZ

PAR

LE Dr EMMANUEL BONNET.

AVIGNON,

TYPOGRAPHIE ET LITHOGRAPHIE DE BONNET FILS

rue Bouquerie, 7.

L'ÉGYPTE

ET

LE CANAL DE SUEZ,

PAR

LE Dr EMMANUEL BONNET.

AVIGNON,

TYP. ET LITH. DE BONNET FILS, RUE BOUQUERIE, 7.

1857

L'Isle, le 1er mars 1857.

Aucun fait contemporain n'est à mon avis plus capable d'exciter l'enthousiasme que le projet du canal maritime de Peluse à Suez.

Cet ouvrage doit avoir des conséquences importantes pour l'avenir de notre globe et des résultats avantageux pour une partie de l'Orient, aujourd'hui trop déchu de son antique splendeur. La Palestine et l'Égypte, ces deux berceaux de la civilisation, des sciences et des arts, demandent à notre époque un redoublement de force, je dirai presque une résurrection. L'effet des malédictions que les prophètes d'Israël ont fait entendre à ces deux pays, doit-il toujours durer ? Le cimeterre des Musulmans et le fatalisme oriental n'ont-ils pas assez accompli les volontés du ciel? Quel est le voyageur qui en parcourant les vastes solitudes de ces contrées, autrefois si peuplées, n'a pas entendu comme un écho de la parole de Zacharie, qui s'écriait : — Seigneur, n'aurez-vous donc plus pitié des villes que poursuit votre colère?

Je ne crois pas me tromper, le moment de la réhabilitation approche : l'Égypte vient de faire un appel à l'Occident et les peuples de l'Europe seraient des ingrats s'ils n'étaient disposés à porter leurs efforts vers ce berceau du genre humain.

En appelant dans ses eaux les navires de tous les points du globe, le canal de Suez donnera sans doute une nouvelle vie à ces contrées.

Tout le monde doit s'associer de cœur à cette entreprise ; je viens moi-même comme un diligent ouvrier fournir ma pierre au monument et dans la forme de notre langue, qui se prête le plus à l'admiration , apporter un offrande à ce pays où tant de souvenirs semblent encore tenir du prodige.

Assurément la manière d'écrire adoptée par les poètes était celle qui s'alliait le mieux à mes vues , cependant je ne l'ai pas employée sans crainte au moment d'une crise littéraire, où les romans et les feuilletons cherchent à étouffer la poésie en encombrant la littérature , et dans une époque où plus d'un critique célèbre , s'il avait été contemporain d'Homère , lui aurait reproché d'avoir écrit son Illiade en vers.

L'ÉGYPTE

ET

LE CANAL DE SUEZ.

Au jour de l'ashoura (1) le Caire était en fête
Pour vénérer la mort du fils de son Prophète,
Les places de la ville et ses nombreux jardins
Livraient les flots confus du peuple aux baladins ;
Les Psylles, les Conteurs adonnés aux mensonges,
Conjuraient des serpents, ou récitaient des songes,
Auprès des Gawazys (2), ces prêtresses d'Hator (3)

(1) Dixième jour de l'année lunaire mahométane, jour où le petit-fils de Mahomet, El-Hoseyn, fut tué à la bataille de Kurbela.

(2) Chanteuses des rues.

(3) Vénus égyptienne.

Qui pour tenter l'amour montraient des sequins d'or.

Pendant que les oisifs s'agitaient dans la rue,

La foule des croyants aux lieux saints accourue,

Femmes, hommes, enfants, criant et se poussant,

Pêle-mêle encombraient le parvis d'El-Hassan,

Et chaque ablution sur le pavé marquée

Couvrait de nappes d'eau la brillante mosquée.

On honorait ainsi les vertus d'El-Hoseyn

Que tout bon Musulman vénérait comme un saint.

Mais au palais des grands la fête était plus belle ;

Les apprêts des festins étaient dressés pour elle :

L'or, l'argent et la soie aux changeantes couleurs

Armoriaient les murs sous des festons de fleurs,

Pendant que sur le sol les tapis de l'Asie,

Les mets égyptiens d'une table choisie,

Le coussins dont la plume invitait à s'asseoir

Charmaient les conviés dans leur repas du soir.

Ce jour là dans la ville un banquier d'Arménie
Autour de son salon avait pour compagnie
L'élite des marchands de vingt peuples divers ;
Ses balcons sans rideaux et ses vitreaux ouverts
Laissaient apercevoir un banquet où les hommes
Différaient par les mœurs et par les idiomes.
Le Cophte était assis près du Juif d'Amsterdam,
L'Assyrien auprès du Chrétien d'Occident ;
On distinguait le Perse à son bonnet conique,
L'Allemand se drapait dans sa longue tunique,
Le Turc et le Français, l'Anglais, l'Américain
Étaient placés auprès de l'Arabe africaiu.

C'était l'heure, où du soir la chaleur moins brûlante
Caresse mollement la ville nonchalante ,
Où le regard qui plane au-dessus des maisons
Découvre devant lui des cieux sans horizons ,
Heure où les visions dans les airs balancées
A tous les points du ciel attachent des pensées
Et nous font malgré nous élever et grandir .

Après tout inconnu qu'on veut approfondir.

Le Kemsim se taisait, et le désert de sable

Trouvait au Mokattam un but infranchissable ;

L'acaccia, le myrte et les bois d'orangers

Élevaient leurs parfums auprès des étrangers,

Pendant que la fraîcheur qui montait des fontaines

Rendait au milieu d'eux les chaleurs incertaines.

Sur la fin du repas un Nègre diligent

Présenta des sorbets sur un plateau d'argent

Et pour suivre en ce jour la mode accoutumée

Le banquier d'Arménie appela son Almée (1) ;

Elle était jeune et belle, et sur ses vêtements

On voyait les rubis mêlés aux diamants,

Son âme étincelait au feu de sa prunelle,

(1) Chez les grands et les riches les Almées sont des institu-
trices qui forment le complément indispensable de toutes les
fêtes ; après les repas elles chantent des moals ou *chansons
nouvelles ;* il en est même qui se livrent à la poésie.

L'art de la poésie était sensible en elle.

« Allah, dit-elle, Allah daigne inspirer les chants
Qu'en ce jour solennel je dédie aux marchands !
Écoutez le récit d'une chanson nouvelle
Que l'Isthme de Suez aujourd'hui me révèle ;
Suivez-moi, suivez-moi, le vent soufle des mers,
Allons d'où vient le vent, venez aux flots amers.

» Quelle est donc sur ces bords cette ville appauvrie ?
Ai-je bien reconnu la triste Alexandrie ?
Est-ce là la cité qu'Alexandre-le-Grand
Entre les ports de mer plaçait au premier rang,
La ville dont jadis Rome était envieuse,
Où César arrêtant sa marche ambitieuse
Auprès de l'Heptastade oubliait le Forum ?
Où sont passés son Phare et son Cesareum,
Son Phare au marbre blanc dont le foyer sur l'onde
Annonçait de bien loin une merveille au Monde ?
La ville a-t-elle encor ses remparts d'autrefois,

Les temples de ses Dieux , les palais de ses Rois ?

Le Bruchion (1) fut-il une gloire éphémère ?

Y trouverai-je encor le monument d'Homère ?

Montrez-moi , montrez-moi le Dicasterium (2) ,

Le Théâtre , le Cirque et le Serapeum :

Existe-t-il encore un temple d'Alexandre ?

Si je ne trouve pas le Stade et le Méandre ,

Ysis et Sérapis , les premiers de nos Dieux

Auront du moins gardé leurs gîtes dans ces lieux.

Non , non , tout est détruit ; une vaste ruine

Engloutit chaque jour la ville alexandrine ;

Elle se meurt , autour de ses nouveaux remparts

On ne voit que des murs , que des débris épars ,

Le sable du désert recouvre ses pylônes

Et le chacal hideux hurle sur ses colonnes.

» Malheur à la cité qui vit ses oppresseurs

(1) Le Bruchion était le plus beau quartier de l'Alexandrie-romaine.

(2) Le Dicasterium ou palais de justice.

Brûler les manuscrits de ses mille penseurs !

» Venez, quittons ces lieux; cette ville est rebelle (1)

Aux généreux efforts qui surgissent en elle

Et la pensée en peine y ressent le remords

De n'avoir pu survivre à la cendre des morts.

» Mais Thèbes (2) qu'on nommait la cité grande et sainte

Aura peut-être encor gardé dans son enceinte

Les monuments bàtis par ses Pontifes-Rois ?

Thèbes, ces murs altiers que les fils des Gaulois (3)

Saluèrent aux bruits de leurs mains frénétiques,

Aura peut-être encor ses Colosses antiques,

Ses temples, ses palais, ses Dieux et son pouvoir?

(1) Les bibliothèques d'Alexandrie ont été brulées et pillées
plusieurs fois.

(2) Diospolis-Magna.

(3) En 1800, l'armée française commandée par le général
Bonaparte fut frappée d'admiration à la vue des ruines de Thèbes
et les salua au bruit trois fois répété de ses trente mille mains.

Courons-donc vers le Nil, il me tarde de voir

Si comme un anneau d'or au jour des fiançailles,

L'or (1) de ses Pharaons pare encor ses murailles;

Si Karnac est debout et si l'on trouve encor

Près du Memnonium le palais de Louqsor.

Marchons, je veux aller dans la salle Hypostile

Où la foule arrivait par vingtaine de mille,

Où les Rois haranguaient tout leur peuple; venez,

Interrogeons ces lieux jadis si fortunés.

» Des rochers lybiens aux monts de l'Arabie

Cette plaine aujourd'hui par le sable envahie,

Où de pauvres moissons de blés et de dourrahs

Croissent avec effort dans des terrains ingrats;

Ces villages nouveaux, ces antiques décombres

Qui projettent au loin le chaos de leurs ombres,

Voilà Thèbes, voilà la cité d'aujourd'hui,

(1) Le cercle d'or d'une coudée d'épaisseur et de trois cent soixante-cinq coudées de circonférence, immense cadran, qui marquait les jours de l'année, ainsi que le lever et le coucher du soleil.

Le pays qui jadis eut la gloire pour lui.

En vain Ramsès-le-Grand abolit l'esclavage

Et réunit les flots au Nil de ce rivage ;

En vain Psamméticus canalisa les eaux

Et créa sur nos mers des abris aux vaisseaux ;

Vainement Amasis put dans un règne utile

Rendre Thèbes plus forte et son sol plus fertile,

Et sut en dédaignant la gloire des Césars

Faire développer le commerce et les arts.

Un jour Cambyse vint, un jour sur cette plage

S'arrêta dans son vol la guerre anthropophage,

Et comme un tourbillon d'homicides vautours

Une armée abattit les remparts et les tours

Et la terre entr'ouverte en ses sombres royaumes

Engloutit pour toujours des hécatombes d'hommes.

Depuis lors les palais et les débris humains

Dispersés sur le sol ont couvert les chemins,

Comme on voit en hiver aux zônes refroidies

Les feuilles des grands bois par le froid engourdies

Tomber au gré des vents du rameau délaissé

Et recouvrir la terre où la vie a cessé.

Je ne reconnais plus la salle Hécatompyle,

Le palais Meïa-Moum n'offre plus un asile ;

Cambyse est venu là ; là, deux Sphinx isolés

Restent encore auprès des temples mutilés ;

Le colossal Memnon existe bien encore,

Mais ses accents joyeux n'annoncent plus l'aurore,

Tout parle ici de deuil, tout annonce la nuit,

Cambyse a passé là, Cambyse a tout détruit,

Le Satrape a pillé l'or de nos Hypogées

Près des têtes des Rois dans leurs cercueils rangées

Et son bras en portant le fer dans ce séjour

A de cette cité marqué le dernier jour.

» Quels douloureux tableaux ! Thèbes, Alexandrie

Ont jeté l'amertume en mon âme attendrie !

Et pourtant devant moi je vois de tous cotés

Des spectacles pareils à ceux de ces cités :

Pendant que dans le Caire on se livre à la danse,

Le sol des Pharaons se trouve en décadence ;

Partout le voyageur rencontre sous ses pas

Des temples, des palais qu'on ne relève pas

Et le désert semblable à la lèpre rongeante

Ulcère chaque jour notre terre indigente.

Oui, l'Égypte se meurt : le pays des tombeaux

Chaque jour voit tomber sa puissance en lambeaux,

L'Égypte à tous moments donne un reste de vie

Au fatalisme abject qui la tient asservie,

C'est un vaisseau qui sombre et qu'il faut arrêter,

Une existence en deuil qu'on doit ressusciter.

» Ah ! ressouvenez-vous de ces âges prospères

Qui firent sous nos Rois la grandeur de nos pères,

De ces temps où l'on vit les Pharaons thébains

Tenir par leurs vaisseaux l'Océan sous leurs mains

Et de ces jours si beaux où l'on voyait descendre

Les marchands d'Occident sous les murs d'Alexandre :

Alors tout était grand, les Fellahs sans rivaux

Étonnaient l'Univers du poids de leurs travaux,

Mœris creusait son lac, son ouvrage incroyable

Du nôme de Fayoum fertilisait le sable ,

Empêchait que le Nil ne devint un fléau

Et rejetait son cours dans le *fleuve sans eau.*

Alors pour abriter leurs demeures splendides

Les Pharaons dressaient leurs fières pyramides ,

Vrais géants de granit qui luttant dans les airs

Repoussaient corps à corps le soufle des déserts.

L'Égypte était alors la nourrice du Monde ,

Comme une jeune mère elle était plus féconde ;

Le sol qui lui donnait un plus riche présent

S'étendait au-delà des bornes d'à présent ,

Chaque jour le travail en aidant la nature

Voyait diminuer les terrains sans culture

Et comme un fleuve d'or coulant en plusieurs jets

Allait alimenter les Rois et les sujets.

» Ces temps-là ne sont plus : le Fellah misérable

Se courbe sous le poids d'un joug inexorable ,

Il ne peut au grand jour cacher sa nudité

Et pauvre sur un sol plein de fécondité ,

La fierté dans le cœur et la honte à la joue
Comme une bête immonde il loge dans la boue.

» O mon pays, pourquoi sur tes bords décevants
La pierre est-elle aux morts et la terre aux vivants ?
Pourquoi donc ton budget, dans ses économies,
Laisse-t-il les palais à tes froides momies
Pendant que tout ton peuple, esclave dans l'oubli,
Dans des caveaux le soir se couche enseveli ?
Le siècle d'aujourd'hui te serait-il contraire ?
Ne peux-tu retrouver les grandeurs d'un autre ère ?
Que te manque-t-il donc ? le Nil (1), présent des cieux,
A-t-il laissé tes bords pour baigner d'autres lieux ?
Pour rendre de nos jours ta terre productive
La chaleur de ton ciel est-elle moins active
Et de ton avenir, glorieux instruments,
Les hommes manquent-ils à tes évènements ?
Non, non, nous avons vu la liberté naissante ;
Inspirer d'Aly-Bey l'arme toute puissante ;

(1) Une croyance égyptienne place la source du Nil dans les cieux.

Pourrions-nous aujourd'hui reléguer dans l'oubli

Le règne glorieux de Méhémet-Ali ?

Qui pourrait le juger et ne pas reconnaître

Que sous lui tes grands jours furent prêts de renaître,

Lorsque pour enrichir son état menaçant

Le soldat du Nédi se faisait commerçant

Changeait l'or de tes blés en arsenal de guerre

Et montrait une flotte à la rive étrangère ?

» Rien donc, ô mon pays, ne semble en vérité

Apporter un obstacle à ta prospérité ;

Mais pour alimenter ton sol où tout abonde

Tu dois reconquérir la fortune du Monde :

Depuis que par le fer Thèbes a succombé

Ton commerce d'Asie avec elle est tombé,

Et depuis que l'Ouest passe au Cap des Tempêtes

Alexandrie a vu finir ses jours de fêtes.

Aujourd'hui tu dois prendre un long projet en main,

Il te faut sur les mers faire un nouveau chemin

Et des deux points du globe abrégeant la distance

Demander aux marchands ton antique existence ;

Comme par le passé, tu peux voir aujourd'hui

Ton digne souverain te prêter son appui ;

Le premier sur la brèche où le travail commence

Il excite le globe à son ouvrage immense,

De Peluse à Suez sa règle et son compas

A travers le désert on mesuré ses pas,

Et bientôt les marins verront sa renommée

En travaux immortels dans le sol imprimée.

» De Peluse à Suez le sol forme un vallon

Où la nature même a posé son jalon :

La conformation du terrain nous appelle,

Portons-y sans retard le trident et la pelle ;

C'est-là qu'il faut creuser, là que les travailleurs

Trouveront le tracé plus facile qu'ailleurs.

Sur un sol presque uni le voyageur arrive

Par le même niveau de l'une à l'autre rive ;

La pente est insensible et rien ne fait douter

Qu'il existe en ces lieux un obstacle à dompter,

Partout la terre est meuble , et la puissance humaine
Jusqu'au plancher des eaux la creusera sans peine.

» Vers le milieu du sol qui borne les deux mers
Le canal recevra son lit des lacs amers (1) ,
Vrais bassins naturels que le ciel nous envoie
Comme un travail fini pour aider notre voie ,
Là , le lac de Timsah loin des vents et des flots
Offrira dans l'Égypte un port aux matelots ,
Où les vaisseaux pourront réparer leurs dommages ,
Échanger leurs produits pour ceux de ces rivages ,
Trouver loin des écueils des heures de repos
Et reprendre la mer plus forts et plus dispos.

» Près du lac de Timsah , fuyant en sens contraire,
Un sillon transversal remonte vers le Caire ,
Si c'est-là le désert d'Ouadé-Tomila ,
La terre de Gessen autrefois était-là ,

(1) Les lacs amers se trouvent à égale distance de Péluse à
Suez, sur la ligne que doit suivre le tracé direct du canal ; le
principal est le lac de Timsah.

Terre fertile alors , doux et riant rivage

Qui faisait des Hébreux oublier l'esclavage

Et qui put par ses blés gardés en magasins

Nourrir pendant sept ans les lieux circonvoisins (1).

L'Ouadé-Tomila sera la grande artère

Qui reliera le Nil au reste de la terre :

Par cet autre canal , nos ports intérieurs

S'ouvriront désormais aux vœux des voyageurs ,

Et ce lieu trouvera ses anciens arrosages

Qui le faisaient nommer le sol des pâturages.

» Travaillons ! notre siècle a le droit d'achever

Le projet le plus grand que l'homme ait pu rêver ;

Depuis que sur ce globe on voit l'espèce humaine

Rechercher les produits que le travail amène ,

Depuis que l'ouvrier au cœur intelligent

(1) La terre de Gessen appelée aussi dans la Bible le *Sol des Pâturages* est aujourd'hui le désert d'Ouadé-Tomila : Un Pharaon donna cette province à Joseph en récompense de ses services. Autrefois très-fertile, elle fut le grenier de l'Égypte pendant les sept années de famine prédites par Joseph.

Apporte à ses travaux un bras plus diligent,

Et fidèle au progrès où son âme s'élève

Cherche à placer la terre au niveau de son rêve,

Jamais on n'aura vu l'homme dans aucun lieu

Compléter mieux qu'ici la grande œuvre de Dieu.

Aujourd'hui le travail est le levier suprême

Qui doit faire mouvoir la nature elle-même,

L'homme ne peut trouver son bonheur qu'à ce prix ;

Les peuples le savaient et les Rois l'ont compris ;

C'est l'âme des états, chaque pays dérobe

Un théorème aux cieux, un désert à ce globe ;

Le désir de changer ou l'ennui du malheur

Porte l'humanité vers un état meilleur.

Voyez ce voyageur qui traversant les nues

Indique à l'Univers des routes inconnues,

Il tente d'élever son front audacieux

Aux mondes que la nuit fait briller à ses yeux.

Ici, c'est la vapeur qui sillonnant la terre

Emporte les wagons au vol de son cratère,

Ou qui troublant les mers de ses efforts mouvants

Transporte les vaisseaux à l'opposé des vents ;

Là, pour accélérer sa voix télégraphique ,

L'homme a pris à l'éclair sa vitesse électrique ,

Et nouveau Prométhée , il a pu cette fois

Forcer le feu du ciel d'obéir à ses lois ;

Aussi lorsque son ordre aborde l'Empyrée ,

La terre est sans espace et le temps sans durée ,

Sa parole emportée au lieu le plus distant

Sitôt qu'elle est partie arrive au même instant.

Sur la terre , partout une foule empressée

Cultive les terrains ou sonde la pensée ;

L'un pour mieux assouvir la triste humanité

Trouve une mine d'or sur un sol enchanté ,

Pendant qu'un autre assis au fond de sa cellule

Converse avec les morts ainsi que Raymond Lulle (1)

Et dans leurs legs offerts à ses travaux savants

Puise des vérités qu'il transmet aux vivants :

Et vous , riches banquiers , que mon récit délasse ,

Parmi ces travailleurs vous avez votre place ;

(1) Raymond Lulle était appelé le Docteur illuminé.

Montrez-vous généreux, livrez vos coffres-forts,

Le Canal de Suez réclame vos efforts ;

La terre ouvre avec vous une dette courante,

Un pareil capital assure votre rente,

Versez donc vos trésors sur ce globe opulent,

Vous acquerrez l'honneur d'ennoblir votre argent.

Le commerçant est-il noble lorsqu'il s'abaisse

A faire dans un cercle ou la hausse ou la baisse,

Ou lorsque le succès d'un coup aventureux

Lui sourit en frappant son frère malheureux ?

Non, non, pour rester grand dans le siècle où nous sommes

Le commerce a besoin de compter d'autres hommes ;

Non, non, depuis longtemps l'argent a trop servi

A tenir sous son joug notre globe asservi,

Il faut que ce métal change et se régénère

Pour les torts que lui fit un passé mercenaire,

Il faut que ses bienfaits remplacent ses travers,

Qu'il soit l'esclave et non le roi de l'Univers

Et que pour s'égaler aux grandeurs de cet âge

Il prenne le progrès pour tout agiotage.

» Travaillez pour ouvrir la terre aux nations :

Ce projet doit suffire à vos ambitions ;

Effacez de nos pas la limite placée

Entre le despotisme et la libre pensée ;

Permettez aux vaisseaux qui portent nos destins

D'amener la lumière aux lieux les plus lointains

Pour que les nations par les peuples guidées

Échangent leurs produits ainsi que leurs idées.

» Il sera beau de voir l'or de chacun de vous

Favoriser ainsi le bien-être de tous :

Ce champ d'honneur placé devant votre courage

Doit vous grandir un jour autant que votre ouvrage.

Allons , ducats, shellings, dollars, roubles, louis ,

Argents de tous les temps et de tous les pays ,

Venez braver le sort d'une lutte où l'histoire

N'enregistrera pas le deuil de la victoire ,

Où parmi les travaux vous serez emportés,

Sans qu'on ait à pleurer des générosités.

» L'époque d'aujourd'hui doit montrer sa puissance

Comme celle où l'Égypte était à sa naissance ;

Par l'accomplissement de nos travaux féconds

Ce siècle doit braver celui des Pharaons

Qui prodiguant souvent leurs fortunes stériles

Aux tombeaux de leurs bœufs ou de leurs crocodiles

Ont laissé sur ces bords des monuments d'orgueil

Où leur postérité n'a trouvé que le deuil.

» Mais nous, nous, les enfants d'un ère sans rivale

Où chacun met sa pierre à l'œuvre sociale ;

Nous qui ne pouvons pas dans nos flancs contenir

Les vœux que nous portons aux fils de l'avenir,

Nous construirons pour eux une œuvre moins aride

Qu'une cité des morts ou qu'un palais splendide

Et nos soins leur diront qu'ils devront accomplir

Les rêves qu'avant eux nous n'aurons pu remplir.

» Le moment est venu , montrez donc du courage,

Trente mille Fellahs attendent votre ouvrage ,

Ils viennent, ils sont prêts ; vous n'avez qu'à parler

Sur l'Isthme de Suez vous les verrez aller ;

Sobres et vigoureux , travailleurs impassibles ,

Aux chances d'une émeute ils sont inaccessibles ,

Pourvu qu'ils aient du pain vous les verrez contents

Supporter la fatigue et les rigueurs du temps ,

Poursuivre jusqu'au bout leurs œuvres difficiles

Et marcher sous leur chef en colonnes dociles.

» Ne craignez pas le sol dans ses éboulements ;

Vous avez aujourd'hui de puissants instruments

Pour pénétrer la terre et vous en rendre maîtres :

Le canal mexicain jauge soixante mètres ,

Celui d'Arles , cinquante ; et vous , dans vos travaux

Vous n'atteindrez jamais le tiers de ces niveaux.

Les talus moins profonds seront moins délébiles.

» Vous aurez pour fixer les savannes mobiles

Des arbustes remplis de force et de verdeur

Qui trouveront les eaux à peu de profondeur :

Ne craignez pas pourtant le mouvement des dunes,

Leurs marches ne sauraient vous être inopportunes,

Car depuis trois mille ans elles n'ont pas détruit

Les berges du canal par nos pères construit.

» Sur la côte de l'èst, c'est la mer qui soulève

Les attérissements que l'on voit à la grève ;

Le Nil ne donne pas les apports qui se font,

Ils sont dus aux efforts de la lame de fond ;

Contre leurs actions Peluse a ses jetées

Qui par les vents directs vainement affrontées

Permettront à vos bras d'établir des remous

Dont les flots jetteront les terres loin de nous.

Les vents obliques seuls apporteront des sables

Sans rendre cependant ces lieux infranchissables,

L'histoire nous le prouve et la forme des lieux

Est telle que Strabon l'entrevit de ses yeux,

Peluse montre encor ses ruines placées

Aussi loin de la mer qui les avait laissées,

Tellement que les flots malgré l'effort des vents

N'ont pas changé ces bords depuis dix-huit cents ans.

» Dévancez avec moi l'heure où nos mers esclaves

Du sol qui les disjoint briseront les entràves,

Laissez-moi dans un rêve anticiper les temps

Et saluer de loin vos travaux importants :

Après dix ans d'efforts la terre est entr'ouverte,

D'une forêt de mâts notre plage est couverte ;

Les vaisseaux vers l'Égypte accourent plus nombreux,

Ils viennent, ils s'en vont, ils se croisent entre eux,

.Je les suis et j'entends comme d'heureux présages

Les voix des matelots chanter dans les cordages.

La marine marchande espère d'heureux jours :

Adieu tous les périls d'un trajet au long cours,

Adieu le Cap ardent, pernicieux parage,

Où des calmes fréquents naissent après l'orage,

Où près de l'équateur souvent les matelots

Sont frappés par la fièvre et battus par les flots.

Voyez, le ciel est pur et les vagues limpides,

Nos vaisseaux ont trouvé des marches plus rapides,

Et la mer Rouge même où nous nous avançons

A des temps réguliers nous livre ses moussons.

Comme des fleurs de l'air les couleurs des navires

Brillent en indiquant les noms de leurs empires :

Je les distingue tous pendant que sur nos ports

Ils livrent leurs produits pour de nouveaux transports.

Paris va nous donner ses hommes de pensées

Qui rendent leur éclat aux gloires éclipsées,

Et qui guidant la foule au-devant des chemins

Entraînent les états vers d'heureux lendemains.

Berghen aura pour nous son fer et ses mâtures,

Vera-Crux sa vanille et ses riches teintures,

Saint-Pétersbourg ses cuirs, le royaume d'Iran

Ses dociles chevaux qui vivent en courrant ;

Java nous donnera son café dont l'arôme

Mieux que celui du vin charme le cœur de l'homme ;

C'est pour nous que la Chine aux métiers de Canton

Filera ses tissus de soie et de coton,

Pour nous que Bénarès aura ses mousselines

Et que Gênes prendra le marbre à ses collines.

Tous les peuples du globe en passant par ces bords
Pour les biens de l'Égypte y vendront leurs trésors :
Gottemborg pour son cuivre échangera nos laines ,
Iédo pour nos blés ses riches porcelaines ;
Les fils de Baltimore et de San-Domingo
Nous donneront le thé , la laque et l'indigo ;
Messine aura pour nous le corail qu'elle pêche
Mexico son nopal , son sucre et son campêche ;
Les vaisseaux du Chili , ceux de San-Salvador
Viendront nous apporter des barils chargés d'or
Et l'Égypte par eux trouvant sa renaissance
Jusqu'au delà des mers étendra sa puissance.

» O mon pays , sors donc de ton accablement ,
Voici de tes grands jours le glorieux moment ;
Livre au vent du désert ce voile funéraire
Qui depuis trois mille ans pèse encor sur ta terre ;
Lève-toi sur tes bords désormais enrichis ,
Jeune encore , au-dessus des sépulcres blanchis ;
Frappe , frappe le sol et ta beauté première

Comme un astre du jour reverra la lumière.

» Pour toi je prie Allah, Mahomet, El-Hoseyn ;

Je sens que le Prophète a souflé dans mon sein.....

» Sur les bords du Canal, au milieu de la grève,

Comme un produit des mers une ville s'élève ;

Voyez comme elle est grande ! à peine dans un jour

Un cheval au galop en parcourrait le tour ;

Elle est forte et pourtant je ne trouve auprès d'elle

Aucune arme de guerre, aucune citadelle ;

Elle est riche et je crois qu'on n'y verra jamais

La cabane du pauvre auprès de ses palais ;

L'absence d'ilotisme est sa magnificence,

Et l'union des bras fait sa toute puissance.

Non, non, jamais les jours de notre antiquité

N'éclairèrent les murs d'une telle cité ;

La ville de Timsah nous apporte avec elle

Le vœu des nations, l'alliance éternelle.

Je ne regrette pas pour sa simplicité

Des villes de nos rois l'ingrate vanité :

Non, vous pouvez couvrir le sol de ma patrie,

Murs de Thèbes, tombez, tombez Alexandrie ;

Mais vous, tristes débris, peuples de réprouvés,

Qui passez sans changer le sol où vous vivez,

Vous allez secouer la cendre de vos dalles,

Vos états vont encore avoir leurs capitales ;

Oui, Tyr, Gaza, Moab, trop malheureuse Edom,

Le seigneur d'Esaü vous donne son pardon,

La mer va retrouver ses anciennes limites,

Reprenez vos terrains, vous n'êtes plus maudites ;

Les serpents venimeux, l'orfraie et les corbeaux

Ont assez dévasté vos murs et vos tombeaux,

Et votre sol gardé par des gens de rapines

Va bientôt dans ses blés étouffer ses épines ;

Nabuchodonosor n'est plus, vos ennemis

Sous la terre avec vous se sont tous endormis ;

Voici, voici le jour ; Allah, la Providence

Va vous donner la vie, à nous l'indépendance. »

Ainsi parla l'Almée ; on dit que les marchands

Furent influencés par l'attrait de ses chants

Et qu'avant de quitter le banquier d'Arménie

Le projet du Canal fut une œuvre finie.

La nuit était venue et le calme à son tour

Avait depuis longtemps fait place aux bruits du jour :

A peine entendait-on dans la ville à cette heure

Quelque Santon tardif regagnant sa demeure,

Ou les chants fatigués de quelque porteur d'eau

Promenant vainement son pénible fardeau.

FIN.